A PROPOS

de

La CONFÉRENCE de BERLIN

PAR

THÉODORE DE KORWIN SZYMANOWSKI

Prix : 50 centimes

PARIS

BOURDARIE, IMPRIMEUR-ÉDITEUR

27, FAUBOURG MONTMARTRE

Mars 1890

A PROPOS

de

La CONFÉRENCE de BERLIN

PAR

THÉODORE DE KORWIN SZYMANOWSKI

Prix : 50 centimes

PARIS

BOURDARIE, IMPRIMEUR-ÉDITEUR

27, FAUBOURG MONTMARTRE

—

Mars 1890

Sans craindre de s'abaisser, un Empereur entendit bourdonner les fourmis et voulut bien s'y intéresser.

La France l'applaudira; la Russie a reçu la nouvelle du congrès, avec une sympathique curiosité; serait-ce le prélude d'une entente sincère? (*)

L'immoralité, qui se sert de la bannière de la

(*) Une entente cordiale de la Russie, de l'Allemagne et de la France, assurerait l'avenir et le bonheur des nations qui cinglent l'Allemagne; une guerre les perdrait et préparerait la ruine économique de la puissance victorieuse. Il y aura, toujours, des guerres, comme il y a des ouragans, mais la tempête qui se prépare, dépasse les mesures économiques de l'humanité. Il est évident qu'après une terrible secousse, l'industrie et le commerce reprennent avec vigueur, mais nos hommes d'état trouvent avec raison, qu'exterminer les uns pour faire vivre les autres, c'est progresser à reculons.

misère pour troubler l'ordre social, ne peut être vaincue que par l'éducation chrétienne, mais la misère même de l'ouvrier peut être conjurée par une entente internationale des gouvernements.

Augmenter le salaire, limiter les heures du travail, alléger le sort des femmes et des enfants n'est pas encore triompher du mal. On ne moralise qu'en élevant chrétiennement, on n'enrichit qu'en enrichissant. Le patron ne peut donner plus qu'il n'a ; l'industrie rapporte souvent, mais elle ruine souvent aussi.

Il faut avoir le courage d'éveiller une ressource qui sommeille et repose dans l'entente internationale des gouvernements, entente qui peut, en même temps, être un gage de paix et de bonheur pour toute l'humanité.

BANQUE OUVRIÈRE INTERNATIONALE

Article Premier

Le capital de fondation de quatre cents millions de francs, est créé par le placement d'une rente rapportant intérêt, amortissable dans X... années, et garantie par les gouvernements d'Europe.

Remarque — Ce sont précisément les Banquiers qui souscriront la Rente, pour s'assurer des ressources certaines pendant les crises qui sont à prévoir.

Article II

L'Actif de la Banque, en dehors des capitaux versés par les souscripteurs de la Rente, augmentera annuellement d'une partie des dividendes. La Banque aura encore des privilèges (voir l'Art. suivant).

Remarque. — Il est grand temps que les gouvernements s'affranchissent des griffes du Banquier, et que l'escompte enrichisse l'Etat et l'ouvrier, et non l'individu. — L'individu qui ne produit pas et qui fait autre chose que de vivre de ses rentes, exploite.

Article III

La Banque ouvrière Internationale aura le droit d'émettre du papier-monnaie dans les pays où l'émission du papier-monnaie ne constitue pas le monopole d'une Banque.

Dans les pays où une Banque a ce monopole, elle aura l'obligation de souscrire un certain chiffre de Rentes, et de les payer au pair.

Toutes les loteries constituent le monopole de la Banque.

Les clubs et les maisons de jeux payent une taxe à la Banque.

Les droits d'entrée protecteurs, surtout les droits mis sur les objets nécessaires à l'existence, tels que blé, farine, viande, sel, appartiennent à la Banque.

Les recettes peu précises, telles les patentes pour titres, décorations, etc., etc., appartiennent à la Banque.

Tout concessionnaire en recevant une concession paye une taxe à la Banque.

Remarque. — Cette institution facilitera aux Gouvernements la réalisation de beaucoup de réformes financières malgré les parlements.

D'ailleurs pas de palliatifs, il faut prouver aux ouvriers que l'esprit d'ordre et l'esprit gouvernemental, sont leurs uniques appuis.

ARTICLE IV

Les administrateurs de la Banque seront nommés par les gouvernements et dépendront des Ministres des finances.

Les recettes qui, d'après les statuts de la Banque reviendront aux ouvriers, seront administrées par des syndicats ouvriers.

Remarque. — En précisant les rapports des Banques ouvrières, d'un pays à un autre, on prendra en considération la garantie solidaire et la répartition du capital de fondation.

Il serait possible de donner à la Banque le monopole, en Europe, de l'achat et de la vente des lingots d'or et d'argent, en recevant en même temps, l'unité monétaire. La Banque pourrait être investie du pouvoir de régler les comptes d'Etat à Etat, les années où le métal aurait moins de valeur que la monnaie.

ARTICLE V

La Banque aura des succursales partout où la nécessité se présentera, en outre, il existera des Comptoirs près les sièges administratifs gouvernementaux, dans les départements, où il y a beaucoup de fabriques. Des délégués des

syndicats ouvriers feront partie de cette administration.

Remarque. — Il est bien plus facile, utile et
vrai, de solidariser économiquement les peuples
avec les gouvernements que d'établir des religions
d'états, qui, souvent, comme telles, sont de valeur négative.

Les délégués des syndicats ouvriers rendront,
à la fois, des services aux patrons, ainsi qu'aux
ouvriers.

Article VI

On instituera des actions ouvrières de cinquante francs. Tout ouvrier majeur, même un
valet de ferme, aura la liberté d'obtenir une
action, ou non; ainsi que le patron aura la
liberté de se faire servir par des ouvriers actionnaires ou non; ou en partie actionnaires et en
partie non-actionnaires.

Le surcroît du salaire des ouvriers actionnaires, sera versé par le patron dans les caisses
de la Banque.

Les ouvriers qui ne seront pas actionnaires, toucheront leur surcroît immédiatement.

Remarque. — Le surcroît doit être pareil pour le minimum, ainsi que pour le maximum du salaire. — Prenant pour base la moyenne du salaire pour l'ouvrier majeur en Europe, minimum de deux francs, le surcroît qui serait à la charge du patron serait, admettons, de vingt centimes; tel, pour l'ouvrier capable, tel pour l'ouvrier moins capable.

Je me fais fort de défendre toute assertion que j'avance.

Prenant pour base, annuellement, deux cents cinquante jours de travail, le surcroît de vingt centimes, versé dans les caisses de la Banque constituerait, annuellement, une action de cinquante francs.

L'action de 50 fr. fera l'unité qui détermine les dividendes de l'ouvrier.

Je ne limite pas la quantité d'actions qu'un ouvrier pourra posséder, s'il dépose ses économies à la Banque.

L'élaboration des statuts de cette institution, ne peut être faite qu'après accord sur les principes.

ARTICLE VII

Les opérations de la Banque seront des plus étendues. Escomptes, prêts et ouvertures de crédit contre connaissements, warrants, contre nantissement de métaux précieux et de marchandises, paiements à l'étranger, transferts d'argent, émission de lettres de change, billets à ordre, traites et lettres de crédit, dans le pays ou pour l'étranger, etc.

La Banque pourra construire ou acheter des immeubles, pour installer ses bureaux et les magasins où elle recevra des marchandises en dépôt.

Remarque. — Le caractère distinctif de la Banque doit être une grande facilité de crédit, surtout pour les ouvriers, agronomes, industriels et même entrepreneurs.

Il faut que le crédit du pauvre dépende des gouvernements.

Le crédit aidera l'ouvrier à ne pas disposer du surcroît de son salaire et à en acquérir une action.

Article VIII

Les recettes nettes de la Banque payent d'abord les intérêts et l'amortissement de la Rente. L'excédent est réparti :

1° 5 o/o Dividendes pour les détenteurs des rentes. Après l'amortissement des rentes ces fonds augmenteront la limitation du travail des femmes.

2° 15 o/o Pour augmenter le capital de fondation et restituer le surcroît de salaire aux patrons.

3° 30 0/0 Recettes gouvernementales.

4° 10 0/0 Limitation du travail des femmes.

5° 5 0/0 Réservés pour couvrir les pertes éventuelles que la Banque encourra sur les crédits accordés.

6° 5 0/0 Fonds avec lesquels les délégués des syndicats ouvriers auront le droit de subventionner les Banques ouvrières des autres Pays.

7° 30 0/0 Dividendes répartis entre les actions ouvrières.

Remarque. — La femme n'aura pas d'actions, mais les fonds appelés : « Limitation du travail des femmes » serviront pour permettre à la

femme de toucher son salaire complet, tout en ne
travaillant pas le jour entier ; elle aura, cependant,
l'obligation de travailler au moins six heures par
jour; quels ne seraient les dividendes en sa faveur?

Je répète que je ne précise rien, toute précision
dépend des données qu'il faudrait réunir en
élaborant les statuts de cette institution.

Article IX

La Banque ne peut jamais passer sous la
direction d'un syndicat de banquiers, tel quel ;
son administration relèvera toujours des gou -
vernements ; et des délégués des syndicats
ouvriers, dans les limites de l'administration
des fonds, qui, d'après les statuts reviendront
aux ouvriers.

Remarque. — Le Banquier m'accusera d'idiotisme; et il aura raison, j'accuse aussi d'idiotisme
tout client qui s'adresse au comptoir de mon
collègue.

Je prie cependant l'économiste de remarquer,
que je ne crée rien, je veux seulement doubler la
production en m'appuyant sur le crédit moins

onéreux des gouvernements solidarisés. Sans
parler des autres parties du monde, la production
de l'Europe même peut être doublée.

Reste l'immoralité.

Les écoles humanitaires maçonniques ne sont
pas parvenues à faire aimer l'ennemi, les socié-
tés salésiennes catholiques, ont été, je crois, plus
heureuses sous ce rapport, je ne vois pas pour-
quoi l'église protestante, qui est une église chrétienne, ne devrait pas les protéger ? (*)

Il n'y a pas à balancer, il faut guérir le cœur
humain, et la force laïque de tous les États, n'en
est aucun remède.

Bref, serrons les rangs, pour ne pas en venir
au paganisme, tant il est, que la bannière de nos
monarques chrétiens, est encore l'amour du
prochain

(*) Je ne dois pas me permettre de dire davantage, car
l'Empereur Guillaume II, est certainement, un des plus grands
chrétiens du monde; dans un siècle infernal, il a l'audace du
bien ! Réussira-t-il ? Le bonheur fait réussir, la grandeur fait
entreprendre.

Secondons leurs efforts, et, peut-être, le monarchisme solide (*) et l'ouvrier conservateur, verront un jour, avec plaisir, la vieille oligarchie, se mettre, à la tête de l'industrie et du Commerce.

(*) Je n'ai rien contre les républiques, je trouve seulement, qu'un royaliste boiteux se sert d'un soutien, un républicain, au contraire, s'entête à boîter.

THÉODORE DE KORWIN SZYMANOWSKI

Commissionnaire-Expéditeur

à la station de RACHNY

RUSSIE, gouvernement de Podolie.

1er Mars, 1890.

A Monsieur ***

Monsieur,

L'esprit, ennemi du christianisme, a sapé les fondements de notre société.

Laissons toutefois l'ennemi au bourreau ; car l'art de démolir, doit nous être étranger. Laissons le banquier faire ce que bon lui semblera, protégeons-le, mais devenons nous-mêmes banquier, pour administrer notre vie économique, indépendamment de ces quelques individus.

L'or, qui est avec raison la base du crédit qu'on accorde à une Banque, est une garantie pour l'opération de l'échange, mais, par sa nature de valeur mobilière, l'or est une moindre garantie pour l solde d'une créance, que ne l'est la garantie solidaire de plusieurs gouvernements.

Qui est-ce qui a d'ailleurs jamais su quel est le capital de fondation d'une banque? — Son crédit : c'est l'habitude, le talent, le bonheur, l'audace même. Avec ces éventualités, les catastrophes sont possibles.

Une Banque Internationale-gouvernementale et ouvrière, en dehors de l'or, qui sera versé dans ses caisses, pour ses rentes, aura à son service, la valeur conventionnelle.

Cette valeur appliquée, par un seul gouvernement, peut constituer quelquefois, une mesure immorale, mais appliquée solidairement par plusieurs gouvernements, elle constitue toujours une mesure morale et légale.

En parlant de valeur conventionnelle, je ne pense pas aux ours de forces avec le taux du métal, je pense, surtout au cours forcé du papier-monnaie, et toujours, pour un laps de temps très restreint.

Le cours forcé du papier-monnaie, peut rendre d'immenses services pendant les crises, au point qu'il serait utile aux gouvernements, d'avoir une institution financière internationale, pour pouvoir user avec toute loyauté, de cet expédient.

En temps de guerre, le cours forcé, n'est pas une arme contre l'ennemi, on ne fait la guerre qu'avec de l'or qu'on a dans ses caisses.

Le cours forcé ne fait que faire vivre le pauvre en temps de crise et empêche le particulier de faire banqueroute.

Le banquier enfin, fait des opérations bien au dessus du capital qu'il possède, laissons lui cet avantage, mais usons-en de notre côté, pour le profit de l'humanité, n'ayant rien d'autre à lui donner.

Veuillez bien, Monsieur, agréer, etc.

TH. DE K. S.

Mars 1890.

A Monsieur le Député

Monsieur,

Je prends la liberté de vous adresser un mot à propos de la conférence de Berlin.

Vous êtes, Monsieur, le champion du pouvoir. Votre pays est le plus civilisé du monde et malheureux par l'absence du pouvoir. Il n'est administré que par le génie personnel des ministres qui s'y succèdent. Le pouvoir cependant, est l'essieu de l'existence.

Je me souviens, qu'autrefois, un député des Pays-Bas interpellé par le ministre du commerce qui s'intéressait à la prospérité du pays, répondit : Tout ira bien, mais ne vous en mèlez pas.

Cette réponse pleine d'esprit, renferme un sophisme.

Dieu même, après nous avoir donné ses commandements, fit ensuite sacrer un monarque, l'instituant père de ses sujets.

En République, à dire vrai (je ne parle pas de la France, je parle en général) nous sommes les enfants de Gaveau-Minard et Cie; Mais, tant-il-est, nous sommes leurs enfants et nous devons faire appel au pouvoir qu'ils représentent, surtout dans l'extrémité économique où nous nous trouvons.

L'or a une prépondérance imméritée ; il n'a

pas été toujours acquis par le travail ; le hasard l'a fait gagner quelquefois ; il ne convient pas que le hasard aie toute la puissance que notre siècle accorde au possesseur.

L'or ne doit avoir que sa valeur intrinsèque, mais il faut que le gouvernement intervienne, lorsqu'il s'agit de sa valeur relative.

En un mot, l'avoir ne doit rapporter que l'intérêt simple, l'excédant (ou le crédit que donne l'or) doit être le bénéfice du producteur, c'est-à-dire de l'ouvrier, de l'agronome, de l'industriel, de l'entrepreneur.

Cette valeur relative de l'or, c'est-à-dire le crédit démesuré, que possède un homme riche, existe en principe plus fortement encore, dans une entente internationale des gouvernements, et le jour où il y aurait entente des gouvernements avec les ouvriers, c'est-à-dire avec le peuple, cette valeur relative change en valeur absolue, plus absolue encore que la valeur intrinsèque de l'or même, car le droit avec la force font non seulement la loi, mais légalisent la violence même en cas de nécessité.

Veuillez bien agréer, Monsieur, etc.

TH. DE K. S.

Mars 1890.

A Monsieur le Député ***

Monsieur le Comte,

Je suis sûr, Monsieur le Comte, que vous protégez ceux qui travaillent et remplissent le souverain ordre de Dieu, je vous envoie donc quelques mots sur la question ouvrière.

Ecrivons, faisons du tapage pour que la conférence repousse les palliatifs qui ne prépareraient que la ruine du patron, sans enrichir l'ouvrier.

Il faut, d'une part, s'occuper de l'éducation chrétienne de l'enfant ouvrier, de l'autre, donner hardiment une direction aux ressources économiques, pour garantir l'avoir du riche et mettre quand même, le pauvre dans la possibilité de parvenir au parfait bien-être.

Veuillez bien agréer, Monsieur le Comte, etc.

Th. de K. S.

Mars 1890.

A Monsieur le Député ***

Monsieur,

Le caractère mâle de vos opinions, m'engage à vous adresser un mot sur la question ouvrière. Vous avez le courage, Monsieur de parler haut lorsqu'il s'agit du bien public. Lisez, s'il vous en semble, mes idées au Parlement et publiez ce ce que vous voudrez de mes lettres.

Il est incontestable qu'une pression opportu-niste empêche notre intelligence, d'être au diapason du siècle.

Peuples et monarques chrétiens nous entraîneront en tombant ainsi que ces malheureux énervés, qui nous renversent.

Une Banque internationale–gouvernementale ouvrière équilibrerait la situation et empêcherait les utopistes, de frapper d'anathème le métal précieux à la première crise économique.

Une nstitution financière d'agriculteurs, industriels et ouvriers appuyée par les gouvernements, qui mettrait provisoirement le métal à l'index, et créerait une valeur conventionnelle telle quelle, est une éventualité économique possible, mais elle n'équilibrerait pas la situation ; tandis qu'une Banque comme j'en propose une, gouvernementale-internationale, avec un capital de fondation en or, amènerait peu à peu les résultats: Banquiers, agronomes, industriels, ouvriers, entrepreneurs, possédent : métal, terre, intelligence, travail, caractère, talent; un crédit en dehors d'eux les protège.

Pas de catastrophes : Bontoux, Comptoir d'Escompte, etc. L'intérêt du capital, à peu près égal dans toute l'Europe; la production plus grande; l'ouvrier et l'entrepreneur ne sont pas exploités; le bien-être plus uniformément réparti.

Les recettes des riches plus assurées; la misère ayant moins de raisons morales d'être n'est plus un instrument efficace pour l'instigateur.

Veuillez bien, Monsieur, agréer, etc.

Th. DE K. S.

Mars 1890.

PARIS
IMPRIMERIE TYPOGRAPHIQUE BOURDARIE
27, FAUBOURG MONTMARTRE

IMPRIMERIE
BOURDARIE
27
fg. Montmartre
PARIS
—
1890